PROMENADES POÉTIQUES

ET

DAGUERRIENNES.

BELLEVUE

(SEINE-ET-OISE).

Avec sept vues prises au daguerréotype et reportées sur papier photographique.

PAR

Louis-Auguste MARTIN,

Sténographe de l'Assemblée Nationale.

PARIS,

CHEZ COMON ET CIE, QUAI MALAQUAIS, 15.

1850

PROMENADES POÉTIQUES

ET

DAGUERRIENNES.

BELLEVUE,

(Seine-et-Oise).

AVEC SEPT VUES PRISES AU DAGUERRÉOTYPE

ET REPORTÉES SUR PAPIER PHOTOGRAPHIQUE;

PAR

Louis-Auguste MARTIN,

Sténographe de l'Assemblée nationale.

PARIS,

CHEZ COMON ET Cᵒ. 15, QUAI MALAQUAIS.

—

1850

BELLEVUE.

Lorsque notre Assemblée, au dépourvu de lois,
Laisse dormir, enfin, la tribune aux abois,
Moi, son *croque-discours*, grand ami du silence,
Avec les orateurs je me trouve en vacance :
Et je quitte Paris, la bruyante cité,
Cloaque froid l'hiver, et fournaise l'été.
Tout politique ennui de mon cœur se dissipe.
Des livres, du papier, un daguerréotype,
Ma femme, comme moi, lasse de cet enfer,
Ensemble nous courons jusqu'au chemin de fer :
Nous montons, il nous lance à plus d'un kilomètre,
Plus promptement qu'en poste, aussi saufs qu'une lettre,
Nous voyons fuir Issy, Vanvre au fort détaché,
Le timide Clamart dans les arbres cachés ;

Plus loin, de Val-Fleury le vert amphithéâtre,

Et Bas-Meudon tout blanc de poussière et de plâtre.

Mais de la grande ville à peine nous sortons,

Qu'un air plus pur déjà ravive nos poumons,

Et nos yeux, attentifs à tout pays qui passe,

Dévorent avec joie et le ciel et l'espace

Un grand coup de sifflet dans les airs retentit :

A ce signal, d'abord, le train se ralentit,

Puis s'arrête.... Une voix a crié : BELLEVUE !

Riante station des artistes connue,

Les parcs et les jardins qui règnent à l'entour

En font une villa de gracieux séjour.

C'est ici que je veux, seul avec ma compagne,

Habiter, à la fois, la ville et la campagne,

Tout prêt à m'élancer, par le premier convoi,

En trois temps, à Paris.... s'il a besoin de moi.

Nous avisons, suivi d'un très léger bagage,

Un modeste réduit, dans un coin du village,

Une calme retraite, un tout petit logis,

Ayant les champs, les bois, le ciel pour vis-à-vis,

Ombragé des tilleuls de la grande avenue

Qui du parc de Meudon descend à Bellevue.

Les arbres sur son toit forment un vert berceau

Nous y voilà blottis comme en un nid d'oiseau.

Et dans une autre vie il nous semble renaître.

Le magique lointain qu'encadre la fenêtre

Se déroule à nos yeux de Saint-Cloud à Meudon.

Ici, les bois, les champs, les vignes .... Dans le fond

Paris, comme un amas de pierres délaissées,

D'un bout de l'horizon à l'autre dispersées.....

Est-ce bien lui qu'on voit, si bas et si réduit,

Tenir si peu de place et faire tant de bruit ?

Tout à l'heure, j'étais dans ses hautes murailles,

Perdu, comme l'insecte au milieu des broussailles,

Je voyais, attentif à chacun de mes pas,

Voitures et chevaux courir avec fracas.

Et maintenant sur lui règne un morne silence ;

Rien, que d'informes blocs, ne trahit sa présence ;

Et j'entends, pour tout bruit et pour toute rumeur,

La mouche qui bourdonne autour de l'arbre en fleur.

Bellevue est au flanc de la haute colline

Dont la pente aboutit à Sèvre et le domine.

De loin on voit l'Église assise au bord d'un champ,

Blanche comme une tombe, et puis, en approchant,

On découvre un châlet à la belle structure

Qui fait mieux ressortir cette humble architecture.

Contraste d'élégance et de simplicité,

Au dehors le village, au dedans la cité.

Ici le chaume obscur et la pauvre cabane,

Le rude vigneron, la franche paysanne ;

Là, de hautes maisons, de superbes villas,

Des dandys aux gants blancs, cravache sous le bras,

Des dames étalant le barège et la soie,

Foulant d'un pied mignon le sable de la voie.

L'église qui, de loin, est si nue aux regards,
Révèle à son portail la main d'œuvre de l'art :

Deux anges, l'un armé du glaive de vengeance,
L'autre, doux, vigilant, protecteur de l'enfance.

Semblent garder l'entrée, et, par leurs attributs,
Dire : Malheur au crime, aide et paix aux vertus !
Le dimanche, la cloche appelant les fidèles,
Pauvres gens, ouvriers, dames riches et belles,
Sabots, velours et bure, accourent en ce lieu,
Séparés dans le monde et mêlés devant Dieu.

Sur le bord d'un sentier qui monte à l'avenue,
Près du chemin de fer, se présente à la vue
Un triste monument qui porte à l'avenir
D'un holocauste humain l'horrible souvenir ;
Là se sont conjurés l'eau, le fer et la flamme ;
De ces trois élémens le terrible amalgame,
Comme si d'être utile il voulait se venger,
En triplant la vitesse a triplé le danger.

En ce jour l'industrie eut sa grande hécatombe,
Et de nombreux martyrs y trouvèrent la tombe ;
Hommes, femmes, enfans, unis d'un même sort,
En courant au plaisir ont rencontré la mort.

Ils sont là mutilés, entassés pêle-mêle ;

Et lorsqu'un convoi glisse auprès de la chapelle,

À travers les cyprès sa sinistre blancheur

Jette sur les passans comme un frisson de peur.

De ce funèbre lieu je m'enfuis, l'âme émue,
Et d'objets plus riants cours distraire ma vue.
Or, le même sentier se prolonge en tournant
Jusqu'à la Verrerie au toit noir et fumant,
Et près du Bas-Meudon s'arrondit en terrasse.
Je m'arrête à ce point d'où le regard embrasse
Boulogne, que la Seine enferme dans un arc,
Le Calvaire et son fort, Saint-Cloud et son grand parc.

Je braque ma lunette, et tout le paysage
Sur le papier, soudain, incruste son image ;
Je l'emporte aussitôt, comme un bien dérobé,
Et dans mon cabinet, un instant absorbé,

Je prépare l'épreuve à passer, belle et fière,
De la lampe blafarde à la grande lumière.

　Riche panorama d'objets multipliés,
BELLEVUE offre aux yeux des sites variés,
Graves pour le penseur, et gais pour le touriste ;
Ceux-ci pour le poëte et ceux-là pour l'artiste.
Mais le bon citadin qui voudrait, une fois,
Goûter la paix des champs et la fraîcheur des bois,
S'il venait, un dimanche ou bien un jour de fête,
Demander à ces lieux une calme retraite,
Y reverrait Paris et ses plus fous enfans.
Dès le plus grand matin, les wagons triomphans
Jettent là, d'heure en heure, une joyeuse foule,
Qui, par tous les sentiers, incontinent s'écoule ;
Puis elle se divise en promeneurs épars
Dans les belles villas, dans les bois, dans les parcs.
Plus d'un couple amoureux, plus d'un jeune ménage,
Trouble indiscrètement l'oiseau sous le feuillage,
Essayant, en plein air, un peu de sentiment.....
Tandis que sur la route, on heurte, à tout moment,

Des groupes animés, riantes caravanes,

Qui vont, les uns à pied, les autres sur des ânes,

Dans un jour de repos, courir, en une fois,

Tout ce qu'offrent d'espace et les champs et les bois,

Et pour mieux s'amuser se mettent hors d'haleine.

Moi qui veux des plaisirs qui coûtent moins de peine,

Je vais ici, puis là, sans jamais me hâter,

Quand les bois sont déserts, quand l'oiseau peut chanter,

Et quand ne craignent plus, mes errantes pensées.

Par aucun bruit humain de se voir dispersées,

Un *Lamartine* ou bien un *Jean-Jacque* à la main,

Contemplant ou lisant, oublieux du chemin,

Du magnifique aspect de la riche nature

Je passe à sa plus belle et plus fraîche peinture.

En ce calme abandon du corps et de l'esprit

Tout ce qu'ici je vois m'enchante et me sourit :

Grands jardins et bosquets, parcs aux épais ombrages

Qui cachent Bellevue en un nid de feuillages.

Terrasse d'où la vue embrasse, à vol d'oiseau,

Les villages, Paris, les prés, la terre et l'eau;

Champs de vigne plantés en carrés uniformes,

Avenue où l'on voit les tilleuls et les ormes

Lutter à qui pourra, sombre et vert parasol,
Jeter plus de fraîcheur et d'ombre sur le sol.
Enfin, large côteau, magnifique colline
Dont le pied vers la Seine en pente douce incline,
Qui regarde Saint-Cloud et son parc de gazon,
Et porte à son sommet le château de Meudon.

NOTES.

Page 4. . . . . Une voix a crié : BELLEVUE !

BELLEVUE (Seine-et-Oise), annexe de la commune de *Meudon*, est plutôt une villa qu'un village, bien que son accroissement, tous les jours plus considérable, depuis que le chemin de fer de Versailles (rive gauche) a établi là sa principale station, lui mériterait le titre de commune.

Bellevue a juste un siècle d'existence. Pendant l'été de l'année 1750, Mme de Pompadour ayant porté ses pas capricieux sur la haute colline qui s'élève en amphithéâtre de Saint-Cloud à Meudon, fut surprise d'admiration devant le beau site qui se déroulait à ses yeux ; or, pour elle, admirer c'était désirer, et désirer c'était commander ; Louis xv, qui n'obéissait qu'à ses maîtresses, y envoya aussitôt deux célèbres architectes du temps, Lassurance et d'Isle, afin d'y construire un château et d'y dessiner un vaste parc. Les propriétaires de l'endroit s'empressèrent..... en retour d'une large indemnité, de céder la place ; et les travaux furent si habilement dirigés, et si rapidement menés à fin, que dès le 14 novembre 1750, Louis xv et Mme de Pompadour purent venir habiter cette nouvelle résidence royale, qui reçut et conserva le nom de *Bellevue*.

Après Louis xv, le château de Bellevue fut donné à Mesdames de France, qui firent donner au parc de nouveaux embellissemens. En 1793, il devint propriété nationale, puis il fut vendu, et enfin démoli. Cette belle résidence est maintenant morcelée en plusieurs petites villa gracieuses qui ne sont pas indignes de leur origine ; seulement au lieu de princes et de courtisanes, elle a pour hôtes des commerçants retirés des affaires, des hommes de lettres et des artistes : autre temps, autres habitans.

Page 5. Ombragé des tilleuls de la grande avenue...

Les travaux entrepris, il y a quelques années, pour réparer la chaussée de cette avenue ont fait découvrir sous le sable d'énormes pierres dont l'origine druidique s'est révélée aux archéologues par la présence de nombreux ossemens humains et d'instrumens en silex qu'elles recouvraient, et par une forme et une position absolument identiques à celles des *Dolmens* ou tables de pierre qu'on a découvertes et qui existent encore dans plusieurs contrées du Nord. Elles ont servi, selon toute apparence, à la fois d'autels de sacrifices et de tombes.

Sur la plus grande de ces pierres (qui ont été déposées à l'entrée du parc de Meudon), on remarque des traces non équivoques de leur origine, telles qu'une rigole, évidemment de main d'homme, partant du milieu de la pierre jusqu'au bord, et destinée à l'écoulement du sang des victimes. On voit aussi la forme d'une *hachette* ou d'un *casse-tête* qu'on avait commencé à creuser dans la pierre.

On sait que le culte gaulois, comme tous les cultes primitifs, recherchait les endroits les plus élevés pour la célébration de ses rites. Or, l'emplacement où l'on a trouvé ces pierres était merveilleusement propice à cette destination. La proximité de la Seine, les sombres forêts qui couvraient les environs de l'antique Lutèce, et le vaste horizon qui se déroulait au loin devaient ajouter quelque chose d'imposant et de grandiose à la terrible solennité des sacrifices.

Page 9.   Un triste monument qui porte à l'avenir...

Les annales de l'industrie humaine ont aussi leurs pages sanglantes, et les accidents dont elles conservent le souvenir, pour être soudains et imprévus, n'en sont que plus lamentables.

Personne n'a oublié l'horrible catastrophe du 8 mai 1842 où près de cent personnes, dans l'espace de dix minutes, ont trouvé la mort, les unes tuées par le bris des wagons, les autres brûlées par la flamme et par la vapeur. L'illustre amiral Dumont-Durville, qui avait fait plusieurs fois, sans encombre, le tour du monde, est venu périr là misérablement avec sa femme et son jeune fils, dans un voyage de quatre lieues !....

Une chapelle commémorative, dédiée à *Notre-Dame-des-Flammes*, a été érigée tout près du lieu où s'accomplit ce terrible événement.

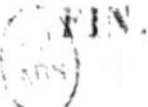

FIN.

Typographie FÉLIX MALTESTE et Cⁱᵉ, rue des Deux-Portes-Saint-Sauveur, 22.

Typographie FÉLIX MALTESTE et Cie, rue des Deux Portes-Saint-Sauveur, 22.

www.ingramcontent.com/pod-product-compliance
Lightning Source LLC
LaVergne TN
LVHW021759210726
843510LV00016B/827